UN'AVVENTURA DI VIAGGIO

ROBERTO BRACCO

PERSONAGGI:

3

Carlo.
Francesco.
Bianca.
Fifì.

ATTO UNICO

Una camera destinata alle galanterie e agli affari. Due porte laterali. Una finestra alla parete di fondo. Molta eleganza civettuola. Seggiole a sdraio, soffici divani, cuscini larghi e morbidi, tappeti e drapperie abbondanti. — Un tavolinetto grazioso. — Sul tavolinetto, alle pareti, da per tutto, ninnoli, stampe antiche, ricordi e fotografie di donne. — Qualche vaso di fiori. — Bottiglie di vino e di liquori. — Verso il fondo della camera, un paraventino messo di sbieco, che nasconde a metà una toilette, una specchiera, un divanetto e altri mobili, per così dire, opportuni.

SCENA I

CARLO e FIFÎ.

Fifî

(innanzi alla specchiera, dietro il paravento, aggiustandosi il cappello sul capo e badando all'effetto complessivo della sua figurina) Dunque, a stasera, eh?

Carlo

(accendendo una sigaretta e guardando lei con familiare compiacenza) A stasera. *(Lunga pausa.)* Ma sì, ma sì che va bene!

Fifî

No, vieni qua, Fuffino mio. Ti piace più così... *(variando la posizione del cappello)* o così?

Carlo

(le va vicino) Aspetta. Fammi vedere.

Fifì

(ripetendo più esageratamente la variazione suddetta) Così... o così? Come preferisci?

Carlo

Preferisco... tutti e due i modi.

Fifì

(piegando le braccia con aria seria seria) E come farò, adesso?

Carlo

Come farai che cosa?

Fifì

Come farò a decidermi? *(Sedendo di proposito)* Io resto qui finchè non avrò deciso come debbo portare il cappello. *(Si alza.)* Ah! Ecco un'idea luminosa. *(Si toglie il cappello e s'avvicina a Carlo.)*

Carlo

Che fai?

Fifì

Zitto, Fuffino mio. *(Gli mette il cappello in capo.)* Vedi, bisogna pensare col proprio capo, ma guardare i cappelli sul capo altrui.

Carlo

(graziosamente) Santa pazienza!

Fifì

(contemplandolo) Dà a me questa sigaretta: è una stonatura. *(Prende la sigaretta e fuma, aggiustando in varie maniere il cappello sul capo di Carlo.)* Vediamo un po'. *(Lo contempla di nuovo.)* Bene! Benone! Ho trovato. *(Gli toglie il cappello e se lo rimette.)*

Carlo

Ora, posso accendere un'altra sigaretta?

Fifì

Accendi pure. *(Guardandosi nello specchio)* Oh! precisamente!! A meraviglia!... *(Andandosene)* Sicchè, a stasera.

Carlo

Sì, a stasera, carina.

Fifì

(scambia il mozzicone della sigaretta, che ha fra le labbra, con quella intera che ha in bocca Carlo, dicendogli con civetteria e con un accento bambinesco:) Questa a me, e questa a te.

Carlo

Cioè, a me un mozzicone....

Fifì

Tu sai che le mie labbra... sarebbero capaci di ridurre in cenere una sigaretta ogni minuto secondo.

Carlo

Cielo, ti ringrazio!

Fifì

Di che?

Carlo

Di non essere una sigaretta. Del resto, tu mi fumi lo stesso.

Fifì

(mentre, ridendo, sta per partire, s'arresta) Oh! *(Desolata, mostra un piede)* Fuffino, non vedi?

Carlo

Un piede.

Fifì

Un bottone mi ha tradita. Aggiusta tu.

Carlo

(inginocchiandosi per abbottonare lo stivalino) Tradimento momentaneo. Il bottone è al suo posto, e non bisogna che farlo rientrare nell'occhiello. Rientrerà, rientrerà. Dice un poeta: *(declamando)*

Non abbandona un cuore il cuor gemello;
non abbandona il suo botton l'occhiello!

Fifì

(guardando il capo di Carlo, in tono d'allarme) Fuffino!

Carlo

Lasciami lavorare....

Fifì

Un capello bianco! *(Pausa.)* È come l'argento!

Carlo

(senza darle retta) Questo diavolo di bottone è più impertinente di quanto pareva.

Fifì

Fuffino, me lo piglio io questo capello?

Carlo

(borbotta e non le bada, mentre ella s'accinge a tirargli il capello bianco) Ah, perbacco! È caparbio!

Fifì

(tirandogli il capello, trionfalmente) È fatta! Te l'ho strappato! *(Se lo avvolge al dito.)*

Carlo

(alzandosi, tutto compunto, col bottone in mano) E te l'ho strappato anch'io.

Fifì

Ecco come vanno le cose del mondo: io faccio ritardare d'un capello la tua vecchiezza e tu fai accelerare... d'un bottone la vecchiezza dei miei stivalini!

Carlo

Taci, taci, per carità! *(Mettendole la mano sulla bocca)* Non filosofare!

Fifì

Perchè, Fuffino, perchè debbo tacere?

Carlo

(solennemente) Perchè se il mio capello è d'argento, il tuo silenzio è d'oro.

Fifì

(allegramente) Ora, poi, me ne vado davvero.

Carlo

A rivederci, Fifì.

Fifì

(sulla soglia della porta di destra) Un bacetto?

Carlo

(dandoglielo) Un bacetto.

Fifì

E mi vuoi sempre bene?

Carlo

Semprissimo.

Fifì

Mi vuoi bene più di otto giorni fa?

Carlo

Più di otto giorni fa.

Fifì

Più di ieri sera?

Carlo

Più di ieri sera.

Fifì

(incalzante) Più di stamane?

Carlo

Più di stamane.

Fifì

Più di domani?

Carlo

Più di domani.

Fifì

Oh!?

Carlo

Cioè, no!... Vedi che mi fai dire? Oggi, meno di domani, domani più di oggi. Che diamine! Sono cose che si capiscono.

Fifì

Ora va bene, ora va bene. *(Va via, ridendo festosamente, mentre Carlo la segue con lo sguardo, buttandole baci con la punta delle dita.)*

SCENA II

CARLO *solo. Poi* FRANCESCO.

Carlo

(chiudendo la porta) Carina... ma cretina! Cioè, cretino io... ovvero, cretini tutti e due. *(Prende di su la scrivanietta una bottiglia di Cognac e due bicchierini e ripone tutto sopra una mensola.)* Ecco una specie di barometro della galanteria da scapolo. *(Riprende la bottiglia e, contemplandola)* Dopo un tête-à-tête, guardando i cerchietti di cristallo d'una bottiglia di Cognac, si può sapere in che condizione si trovi l'atmosfera della galanteria. Qui mancano due sole prese di Cognac. Il liquido è molto su: atmosfera pesante. Il barometro segna: noia. *(Mentre ripone, sbadigliando, la bottiglia sulla scrivanietta, sente picchiare.)* Oh! una visita fuori programma. Chi sarà mai? *(Va ad aprire la porta a destra.)*

Francesco

(comparisce con in mano molte valige.)

Carlo

Chi vedo?

Francesco

Eh! sono qui. *(Posa le valige.)*

Carlo

Ma bravo! Che bella sorpresa!

Francesco

Bella... più di no che di sì.

Carlo

E perchè poi?

Francesco

Perchè io non vengo soltanto a farti una visita. Io vengo a depositare in casa tua....

Carlo

Le valige?

Francesco

Qualche cosa di più!

Carlo

La tua persona?

Francesco

Qualche cosa di più: una conquista!

Carlo

Tanto meglio! Ma bada: questa non è precisamente la mia casa.

Francesco

Non me ne affliggo, purchè possa diventare, provvisoriamente, la casa mia. Ma, a proposito, non ti ho sempre scritto, indirizzando le lettere qui?

Carlo

Naturale. Io, qui, in questo grazioso bugigattolo, ricevo lettere, e ricevo... intendi?

Francesco

Intendo: è il tuo bureau... d'affari. Sicchè, cattivo soggetto, ti ho lasciato scapolo, e, dopo tre anni, ti ritrovo, benchè ammogliato, più scapolo di prima. E di tua moglie, che io non ho il piacere di conoscere, che ne è?

Carlo

È lontana! Separazione completa e definitiva per incompatibilità di carattere....

Francesco

E di attribuzioni. Poverina!

Carlo

Sai... qualche mia scappatella.... Ma non parliamo di ciò, adesso. Parlami piuttosto di te e della tua conquista, e dimmi se persisti nell'idea di depositarmi... non so che cosa.

Francesco

Persisto. Fra qualche minuto... ella è qui.

Carlo

Qui?... Ed io?

Francesco

Oh, non ti preoccupare! Ho pensato a tutto. Tu te ne andrai.

Carlo

Molto bene!

Francesco

Amico mio, finalmente ho saputo che cosa significa un'avventura di viaggio. Avevo sempre creduto che le avventure di viaggio fossero una rèclame bugiarda delle società ferroviarie, e non ci avevo mai prestato fede; ma ora....

Carlo

Raccontami... raccontami....

Francesco

(emozionato) Raccontarti? È impossibile! Figurati la stazione di Genova....

Carlo

Me la figuro.

Francesco

(entusiasmato) I vagoni, la vaporiera, i facchini e il resto....

Carlo

(secondandolo) E il resto.

Francesco

Nel primo scompartimento d'un vagone entro io. Due donne sono entrate prima di me: una sui sessant'anni....

Carlo

Era lei?

Francesco

No. L'altra dai trenta ai quindici anni, o viceversa. Questa era lei. «Scusi — mi dice — questo scompartimento è riservato alle signore». «Sì, ma non si dia pena — rispondo io — . Benchè riservato alle signore, io ci starò bene lo stesso».... Non ci ridi?

Carlo

(ridendo per convenienza) Ah, ah, ah!

Francesco

Grazie. Ella ha riso come te. E dice un proverbio arabo: «donna che ride, mezzo conquistata.» Insomma, la vecchia borbottava in tedesco, ed io non aveva l'obbligo di capire, la giovane continuava a ridere in italiano, il capo treno accettava un biglietto di scusa cosmopolita... da dieci lire; e sono restato.

Carlo

Che cosa avvenne durante il viaggio?...

Francesco

Niente! Neanche un'occhiata incoraggiante, neanche una parolina che m'avesse lasciato sperare. Non c'era mica da meravigliarsene. Io pensavo: in uno scompartimento riservato, non ci possono essere che delle signore riservate. Carina anche questa, eh?

Carlo

E la conquista?

Francesco

Un momento. Quando il treno è giunto alla stazione di Roma, mentre un facchino prendeva la roba di lei e la roba mia, mettendo le mie valige a contatto delle sue, io le ho chiesto se avesse bisogno dei miei servigi....

Carlo

Ella ha risposto di sì?...

Francesco

Oibò! Ella ha risposto di no. Ma quando le ho offerto la mia carta di visita, sulla quale, con un lapis, avevo segnato l'indirizzo della tua dimora, dove già contavo di piombare, la mia bella incognita — perchè era ed è ancora per me un'incognita — si è sentita presa da una subitanea passione per me. Evidentemente, il mio nome è stato per lei irresistibile. I suoi occhi hanno avuto sguardi voluttuosamente intensi, le sue mani hanno più e più volte strette le mie e.... «A rivederci, signore» — m'ha detto con effusione — «A rivederci al più presto possibile. Anzi, fra pochi minuti, io verrò a farvi una visita.» Era commossa, nervosa, eccitata. Io, che vuoi? pure essendo un po' abituato a queste cose, ho sentito un groppo alla gola, e sono rimasto lì, senza nemmeno ringraziarla. Soltanto, quando lei, dolcemente, mi ha soggiunto: «mi riceverete?», io le ho risposto....

Carlo

Che le hai risposto?

Francesco

«Vi adoro»!

Carlo

E lei?

Francesco

(come se dicesse una cosa naturale e perfettamente lusinghiera per lui) Lei se n'era già andata!

Carlo

Ma verrà certamente?

Francesco

Oh, se verrà! Il cuore non m'inganna: quella donna mi ama, e sono innamorato anch'io, sai, sono innamorato sul serio. Oh! la ferrovia fa dei miracoli in fatto d'amore. La velocità stessa del treno affretta gli avvenimenti. Si vede una donna alla stazione di Genova, la si ama alla stazione di Spezia, la si adora alla stazione di Roma. Se si continuasse il viaggio insieme sino a Napoli, si giungerebbe alla stazione di Napoli o troppo presto o troppo tardi.

Carlo

E quando non si continua il viaggio sino a Napoli....

Francesco

Si va in casa d'un amico e gli si dice....

Carlo

«Va a passeggiare....»

Francesco

Nè più nè meno.

Carlo

(scherzosamente) E sta bene. *(Si mette il cappello.)* Me ne vado. *(Consegnandogli la stanza.)* Questa, come vedi, è una stanza unica, ma molto comoda. *(Con significato di circostanza, quasi mostrandogli i divani, il paravento, ecc.)* È una stanza, insomma, piena di comfort. Ci sono due porte. Una di qui, *(a destra)* porta ufficiale, l'altra di là *(a sinistra)*, valvola di sicurezza. Ti raccomando. A rivederci. Io ritornerò....

Francesco

(vorrebbe dire qualche cosa.)

Carlo

Non temere. Quando la finestra sarà aperta... significherà che io potrò ritornare. Restiamo intesi?

Francesco

Restiamo intesi.

Carlo

Buona fortuna!

Francesco

(con compiacenza e ostentata modestia) Eh!

Carlo

(esce dalla porta a sinistra; quindi, prima di chiudere l'uscio, facendo capolino) Ti occorre altro?

Francesco

No, grazie. Il resto l'ho con me.

Carlo

(se ne va.)

SCENA III

FRANCESCO *solo. Poi* BIANCA.

Francesco

(girando per la stanza) Vediamo un po'. Non c'è che dire, è proprio quello che ci voleva. Intanto, giacchè ce n'è il tempo, completiamo la persona elegante che abbiamo abbozzata nella stanza di toilette della stazione. *(Si pettina, si appunta i baffi, si spolvera, si profuma, si guarda nello specchio. È molto soddisfatto di sè.)* Pih! non c'è male. Così, a occhio e croce, sono... non toccherebbe a me il dirlo, ma, via, sono belloccio. *(Si picchia alla porta a destra.)* È lei! Eppure, non ho provato mai tanta emozione. *(Tutto affaccendato e perplesso, va verso la porta e s'accorge d'avere ancora una spazzola in mano.)* Uh! la spazzola! *(Si confonde, come se nella stanza non trovasse dove mettere la spazzola. Sta per cacciarsela in saccoccia, quindi si decide a posarla sul mobile che è più lontano dalla porta. Infine, delicatissimamente, apre l'uscio.)*

Bianca

(entra.)

Francesco

(commosso, le prende le due mani con effusione frenata) Ma è proprio vero?... Voi... siete venuta?

Bianca

(guardando intorno e sforzandosi di sembrare gentile e amorevole verso Francesco) Mi pare di sì.

Francesco

(con una certa vanitosa soddisfazione) Sicchè... il vostro contegno durante il viaggio non era una manifestazione d'indifferenza.

Bianca

(con mal celata timidezza) Oh! tutt'altro!

Francesco

(fra sè, mentre ella è assorta nella curiosa contemplazione del salotto) Evidentemente, non è una cocotte, è semplicemente una donna leggera.

Bianca

Che salottino profumato!

Francesco

Infatti, sì. Vi dispiace il profumo? Vi dispiace di trovarvi qui?

Bianca

Anzi!...

Francesco

(sempre insinuante) Volete levarvi il cappello e il mantello?

Bianca

Ma.... *(Continua a guardare attorno.)*

Francesco

(con languore, seducendola) Coraggio! In fondo, non si tratta che d'aver coraggio....

Bianca

(*risoluta*) Oh, non dubitate, ce n'ho del coraggio!

Francesco

Meno male. Vuol dire che non vi faccio paura. E perchè poi farvi paura?
Tanto più che se voi, bella e strana signora, vorrete serbare l'incognito, io,
fede di gentiluomo, sarò ben lieto di rispettarlo ciecamente.

Bianca

Non v'interessa di sapere chi sono io?

Francesco

So che siete bella, so che siete qui, sola, vicino a me, so che qui vi ha
condotta il presentimento di trovare in me l'uomo capace di comprendervi e
di amarvi!... Il resto non m'importa. Sedete, sedetemi accanto. (*Prendendola
per una mano, la conduce sin presso un divano.*)

Bianca

(*siede di malavoglia.*)

Francesco

(*sedendo anche lui*) Parliamo.

Bianca

Sì, parlate. (*Preoccupata, continua a guardare intorno, poi, levandosi e
allontanandosi*) Io vi ascolto tanto volentieri.

Francesco

Se vi allontanate da me, non potrò fare che un soliloquio.

Bianca

(*sforzandosi di essere gentile*) Ma io non v'impedisco di seguirmi. (*Andando
di qua e di là, guarda i muri.*)

Francesco

(tra sè) Veramente, preferirei un tête-à-tête meno peripatetico.

Bianca

(tra sè, imbizzita) È il laboratorio galante di quel mostro di mio marito. *(A Francesco, che è ancora seduto)* Vi ho detto che non v'impedisco di seguirmi.

Francesco

(tra sè) Facciamo a modo suo. *(A lei, seguendola)* Vi seguo.

Bianca

(tra sè, tormentandosi) Ed è qui che gli spedivo le mie lettere d'affari!

Francesco

Che guardate? che mormorate?

Bianca

Non ho mai visto un salotto così.

Francesco

Eppure, non c'è nulla di speciale.

Bianca

C'è tutto di speciale. Questo non è un salotto... onesto. Le donne che ci hanno lasciato qualche cosa sono innumerevoli!

Francesco

(tra sè) È gelosa, buon segno! *(A lei)* Può darsi che questo salotto non sia precisamente mio e che io alloggi qua, così, di passaggio, e che di tutte le donne, di cui voi vedete le tracce, io non ne conosca nessuna. *(Tra sè)* Bisogna lasciarla nel dubbio.

Bianca

(esaminando i ritratti) Questo per esempio, è proprio il ritratto d'una ballerina!

Francesco

(andando a guardare il ritratto) Già!

Bianca

(nervosissima) Si vede dall'abito... che non ha. Ed è bellina, la sfacciata!

Francesco

(tra sè) Non è una donna leggera, è semplicemente una donna bizzarra. *(A lei)* Non ci badate, cara. *(Prendendole una mano)* Io non conosco che voi, io non ho che un solo ritratto: il vostro... impresso nel cuore.

Bianca

(continuando l'analisi, domanda con violenza) E questa, perchè è vestita da uomo?

Francesco

Mah!... Probabilmente per provare le emozioni dell'altro sesso!

Bianca

(col tono di chi non si lascia ingannare) Ma è una donna! Oh, se lo è!

Francesco

(indicando, col gesto, le forme abbondanti della donna fotografata) Perbacco, se lo è!

Bianca

E c'è una dedica, «Al Carlino dei mio cuore».

Francesco

Lo vedete! Il Carlino non sono io.

Bianca

(sempre cercando e guardando con una mal dissimulata ansia) Oh! uno scarpino! *(Mettendolo sotto il muso di Francesco)* Questo è uno scarpino. *(È una elegante scarpettina da ballo, d'un microscopico piedino femminile.)*

Francesco

(con la convinzione di fare una scoperta) E credo che sia uno scarpino... di donna.

Bianca

Se fosse d'un uomo, quest'uomo dovrebbe essere un lilliputto!

Francesco

Vi giuro che non ho nulla di comune con questo scarpino.

Bianca

(con rabbia) È un ricordo!...

Francesco

Dei Paesi Bassi!

Bianca

(guardandone con disgusto la suola) E qui c'è un'altra dedica. Si fa dedicare tutto, questo signore: anche uno scarpino! Che dice? Non si legge bene. *(Mostrandolo a Francesco)* Leggete voi.

Francesco

(interpretando) No, non è una dedica: è un versetto biblico o quasi biblico. *(Leggendo:)* «Il piede sinistro non deve sapere quello che dà il piede destro!»

Bianca

(irritandosi) E che cosa mai può dare il piede destro?

Francesco

(con l'analogo movimento d'una gamba, e timidamente) Mio Dio, una pedata.

Bianca

(scoppiando) Ma è un'indegnità! È un'infamia!

Francesco

(sodisfatto, tra sè) È gelosa. Come mi ama! *(A lei)* Calmatevi, via, calmatevi. E non continuate questo increscioso inventario. Non vi sembra che ci sia da fare qualche cosa di meglio? Tutta questa roba non è che tappezzeria.

Bianca

(sempre più commossa) Ma è di quella tappezzeria che abitua a una vita molle, leggera, sciocca. E chi non è avvezzo a vederla ne sente disgusto, nausea, schifo! *(Poi, risoluta)* Me ne voglio andare.

Francesco

(tra sè) Come mi ama! *(A lei)* Io vi garantisco che potete chetarvi, mia bella e bizzarra incognita. Guardatemi, guardatemi in viso....

Bianca

(gli volta le spalle, senza badargli punto.)

Francesco

Brava! Così! Non v'accorgete che sono innocente, e che... sono vostro?

Bianca

Tutto questo sta bene; ma io me ne voglio andare.

Francesco

No, rimanete. Astraetevi dall'ambiente che vi circonda.... Riconcentratevi in voi. Anzi, riconcentratevi in me.

Bianca

(scoprendo sopra una mensola il ritratto di Carlo) Ah, quel ritratto lì....

Francesco

Ricomincia l'inventario!

Bianca

(pigliando il ritratto, e osservandolo con amarezza).... è un ritratto... completamente mascolino!

Francesco

(tra sè) Quello di Carlo, ora. *(A lei)* Sì... questa volta, la persona fotografata, benchè sia pur essa vestita da uomo,... non è una donna.

Bianca

È un mostro.

Francesco

Mostro mostro, no. Via, bruttino!

Bianca

Bruttissimo! Uh!... Che muso! *(Sempre eccitata, fissando la fotografia)* Sì, avete ragione. Voglio restare. *(Smette precipitosamente il mantello.)* E voglio togliermi perfino....

Francesco

Perfino?...

Bianca

Il cappello! *(Esegue.)*

Francesco

Non è molto.

Bianca

È moltissimo.

Francesco

(con fatuità) Moltissimo? *(Tra sè)* È fatta!

Bianca

Io voglio restare, vi dico! Voglio restare.

Francesco

Ma sì, ho capito! *(Tra sè)* Non è una donna bizzarra; è semplicemente un angelo.

Bianca

(ripone la fotografia di Carlo sulla mensola, quindi va a sedere sul divano, quasi trascinando Francesco con finta dolcezza) Venite, sedete vicino a me.

Francesco

(inebriato) Oh!

Bianca

(rialzandosi) Un momento. *(Va a pigliare la fotografia di Carlo e la colloca sul mobile più vicino al divano, come per farla presenziare alle sue espansioni. Quindi, torna a sedere.)* Io sono qui per voi, soltanto per voi, e mi riconcentro in voi.

Francesco

Raccontatemi tutto quello che è avvenuto in poche ore nel vostro cuoricino. Durante il viaggio, voi volevate vincere, volevate soffocare, non è vero?, quel non so che, dal quale vi sentivate presa per la mia persona.

Bianca

Sicuro!

Francesco

Ma era destino! Nel momento di separarci, io vi ho data la mia carta, col mio indirizzo....

Bianca

Ed io subito vi ho dato il mio cuore, senza il mio indirizzo....

Francesco

Ed ora siete mia.

Bianca

Vostra.

Francesco

In mio potere....

Bianca

In vostro potere....

Francesco

E avete fiducia in me?

Bianca

(come se pensasse per la prima volta a qualche cosa) Se ho fiducia in voi? Aspettate. *(Pausa. Lo guarda bene.)* Perchè no? Sì, ho fiducia in voi.

Francesco

(preoccupato e imbarazzato) Ma scusate... che specie di fiducia?

Bianca

E... scusate, *(con furberia e sussiego)* quale fiducia voi credete di meritare?

Francesco

Quella del gentiluomo: *(cambiando tono)* ma anche quella del....

Bianca

(a tempo) Fermiamoci qui, fermiamoci a «gentiluomo».

Francesco

(accendendosi molto) Ma questo gentiluomo ha un cuore che palpita e ha del sangue nelle vene. Questo gentiluomo sa intravvedere tutto un paradiso inaspettato: e, intravvedutolo, non può, non vuole, non deve rinunziarvi. *(Eccitato, con intimità)* Se questo gentiluomo non picchiasse alla porta di quel paradiso, sarebbe o un ingrato o uno sciocco... *(afferrandole le mani)* ed io, mia bella, mia adorabile incognita, *(sta per abbracciarla con entusiasmo)* io picchio!

Bianca

(alzandosi e dandogli uno schiaffo) E picchio anch'io!

Francesco

(portando la mano alla guancia) Me ne sono accorto! *(Pausa. Poi, tra sè)* Non è un angelo, è semplicemente un dragone.

Bianca

(tra sè, allontanandosi) Se avessi saputo che, venendo in casa di mio marito, non avrei trovato... che il suo ritratto, certo non mi sarei arrischiata a scegliermi per istrumento di vendetta un viaggiatore così intraprendente.

Francesco

(con solennità) Signora, tutto è finito tra noi due!

Bianca

E le porte del paradiso?

Francesco

Mi sono state chiuse sulla faccia con una certa violenza.

Bianca

(gentile) Ma io vi offro....

Francesco

(ansiosamente) Mi offrite...?

Bianca

Il purgatorio.

Francesco

Sarebbe?

Bianca

La mia amicizia. Vi si può entrare senza aver bisogno di picchiare. Basta una buona stretta di mano. *(Esegue.)*

Francesco

Vada pel purgatorio! *(Borbotta a mezza voce:)* Il purgatorio dell'oggi dovrebbe essere il paradiso del domani. Speriamo! *(A lei, forte:)* Ma, dunque, chi siete?... chi siete?...

Bianca

(col proposito di non rispondergli) Di grazia, il mio cappello e il mio mantello dove sono?

Francesco

(tutto affaccendato e confuso) Li cerco.

Bianca

(sul tavolinetto, trova, intanto, un piccolo portafogli. Lo prende e mormora:) Un portafoglino femminile! *(Lo apre, ne trae una carta di visita e legge:)* Fifì Bandinelli. *(Tra sè)* L'indegno! Ma troverà invece il mio portafogli. *(Sostituisce con il suo il portafogli trovato, che conserva.)* Provi un po' quel che ho provato io. E mi servirà anche di pretesto per tornare! *(A Francesco, che ha cercato e preso il mantello e il cappello)* Il mio mantello, il mio cappello, subito....

Francesco

Sono qui. *(Aiutandola a mettere l'uno e l'altro)* Ecco quello che io mi domando. Chi siete? Un enigma? Un rebus? Una sciarada?

Bianca

Appunto. Una sciarada. Una sciarada che potete offrire all'acume di... tutti i vostri amici: il primo ama, il secondo perdona, l'intero ritorna.

Francesco

È una sciarada a premio?

Bianca

Chi sa! Dipende dallo scioglitore. A rivederci....

Francesco

Permettete che v'accompagni sino alla porta del cortile? Siete venuta, è vero, di nascosto; ma potete andarvene, ahimè, palesemente.

Bianca

Il vostro braccio.

Francesco

Un momentino. *(Corre a spalancare la finestra.)*

Bianca

Fate bene ad aprire la finestra.

Francesco

Perchè?

Bianca

Perchè, in questo salotto destinato alle conquiste, dopo il nostro abboccamento, c'era bisogno di rinnovare un po' l'aria.

Francesco

(tornando a lei) Il mio braccio è ai vostri ordini.

Bianca

(accettando) Mi dispiace, per altro, d'incomodarvi. Dovete essere molto stanco....

Francesco

(sulla soglia) Veramente, non c'è di che!

(Escono.)

SCENA IV

CARLO, *poi* FRANCESCO.

Carlo

(facendo capolino dalla porta a sinistra, chiama:) Francesco! Francesco! Oh! È andato via anche lui! *(Entra, guardando intorno, con l'aria di credere che in quella stanza non si è mica detto il rosario.)* Nessuna traccia. Un po' di disordine nei ninnoli e nei ritratti, e niente altro. *(Sorpreso)* Il mio ritratto sull'orlo... d'un precipizio, forse!... Veramente, avrebbero potuto lasciarmi in pace. *(Vede il portafogli.)* Un portafoglino dimenticato.... Che sia quello di Fifì? È tanto stordita! *(Lo apre, legge un biglietto di visita, trasalisce, impallidisce.)* Bianca Tebaldi! Com'è possibile? *(Profondamente scosso)* Ma sì: lei, lei! Qui... con... *(Inorridendo)* È una combinazione raccapricciante! *(Riflette)* Eppure, non è una combinazione. Ella sapeva l'indirizzo di questa casa, perchè è qui che io ricevo le sue lettere d'affari. Ed è venuta qui per un convegno galante! Ah, è orribile, è orribile!

Francesco

(entrando, nota il suo turbamento e gli dice:) Ohè, che hai?

Carlo

Niente.

Francesco

Come niente? Hai una certa faccia....

Carlo

Ho un po' di mal di capo. *(Toccandosi naturalmente la fronte)* Non ci badare. *(Con forzata disinvoltura)* Ebbene?

Francesco

(mortificato, ma non volendo confessare il fiasco) Ebbene?...

Carlo

Prosit.

Francesco

Ti ringrazio. Ma lasciamo andare....

Carlo

Insomma, dimmi, uomo fortunato, uomo irresistibile: come sono andate le cose? Benone, eh?

Francesco

Sì, benone....

Carlo

(sussultando e fingendo gaiezza) A vele gonfie?... E sei giunto in porto sano e salvo?

Francesco

Sano, *(ricordandosi dello schiaffo)* via, per miracolo.

Carlo

Perbacco, una donna assai facile! Il colloquio... è stato tanto breve!

Francesco

Breve, *(toccandosi la guancia)* ma... sentito.

Carlo

Molta vivacità.

Francesco

Molta.

Carlo

Su! Sentiamo i particolari.

Francesco

(evitando) Un'altra volta: ora sono ancora troppo commosso.

Carlo

Diamine! Sei vecchio del mestiere!... Ma come! Sei commosso davvero? Questa... donnina ti ha proprio stregato?

Francesco

Mi ha... stregato.

Carlo

E... ti ama?

Francesco

Mi ama... a modo suo... si capisce. Non tutte le donne amano allo stesso modo.

Carlo

(con ansia raffrenata) E in che modo ti ama? Dimmi, dimmi!

Francesco

Non so spiegartelo.

Carlo

È appassionata? è altera? è alla mano?

Francesco

È alla mano: precisamente.

Carlo

Piacente, graziosa, elegante?

Francesco

Oh, quanto a questo, è insuperabile! Un bocconcino, amico mio! Ma,... basta....

Carlo

Con le tue reticenze, mi dai sui nervi. Fuori, fuori i particolari.

Francesco

Sei un bel tipo. Non ti credere che si tratti d'una crestaina o d'una *cocotte* qualunque!

Carlo

Ah no! E di chi si tratta?

Francesco

Caro mio, ella ha serbato l'incognito; ma dev'essere una gran signora... di cervello un po' balzano, beninteso. Dev'essere una gran dama bisbetica, capricciosa...: qualche strana donna, maritata chi sa come, chi sa dove, chi sa con chi... Con un imbecille, di certo!...

Carlo

(*trattenendosi e secondandolo*) Sì sì!... Però, imbecille poi, perchè?

Francesco

Perchè un uomo che possiede una donna come quella lì, e la lascia passeggiare sola per il mondo, se non è proprio un imbecille nato, dev'essere un imbecille di carriera, o deve avere una gran voglia di diventarlo. Bisogna proprio essere un marito per avere di tali ambizioni. E se questo povero sventurato esiste....

Carlo

Io dico di sì!...

Francesco

Tanto meglio! Se, dunque, questo povero sventurato esiste, l'ha scappata bella!

Carlo

L'ha scappata bella? Sicchè non...?

Francesco

Già, tu sai come sono le donne. Certe volte fanno la corsa dell'asino. Vanno, vanno, vanno, e poi, a un tratto, *tta*, si arrestano.

Carlo

Lei... *tta*... si è arrestata?

Francesco

Crederei di sì.

Carlo

(scattando irritato) Sì o no? (Poi, frenandosi e fingendo di sorridere)
Scherzo. Eppure, ti confesso, sono curioso. Dunque, sì o no?

Francesco

Giudica tu stesso.

Carlo

Oh! Di'! Da bravo!

Francesco

Smanie, spasimi, irrequietezze, ogni sorta di manifestazioni d'amore verbale,
e gelosia, poi, senza fine. Figùrati una *Otella*! E... che so... le ho mostrato,
per esempio, il tuo ritratto, per vedere che impressione le facesse un altro
uomo a paragone di me... e....

Carlo

Abbrevia!

Francesco

Tu, in complesso, sei una persona piuttosto simpatica....

Carlo

Questo è vero, ma abbrevia!

Francesco

Ebbene, non avertelo a male: tu a paragone di me, le sei sembrato brutto.

Carlo

Brutto addirittura?

Francesco

Nè più nè meno che brutto! Insomma, era un crescendo che faceva sperare
il più delizioso dei punti coronati....

Carlo

E invece?

Francesco

Invece, il punto coronato è stato un... ceffone!

Carlo

(scoppiando in gioia) Ah ah! Benissimo!

Francesco

Ti prego di moderare le esclamazioni!

Carlo

Perchè?

Francesco

Perchè m'irriti!

Carlo

Per ora, racconta. T'irriterai dopo.

Francesco

Non ho più nulla d'importante da raccontare. Rasserenatasi alquanto, mi ha lasciato, affidandomi una certa sciarada da sciogliere.

Carlo

Una sciarada?

Francesco

«Il primo ama, il secondo perdona, l'intero ritorna.»

Carlo

(sempre più rianimandosi) Ah! ritorna?

Francesco

E se son rose, fioriranno. *(Si sente picchiare alla porta di destra.)* Che sia proprio lei che ritorna?

Carlo

Di già? *(Sta per aprire.)*

Francesco

(trattenendolo) Lascia andare me. Voglio prima domandare. Se è lei, non bisogna comprometterla. Tu sei qui.... Sarebbe una indelicatezza da parte mia il farla entrare. *(Si sente picchiare di nuovo.)* Eccomi. *(Con dolcezza)* Chi è?

SCENA V

BIANCA, FRANCESCO, CARLO.

Bianca

(di fuori) Sono io, sono io: la vostra incognita.

Francesco

(rivolgendosi a Carlo) Lei.

Carlo

Lei!

Bianca

(di fuori) Debbo aver dimenticato il mio portafogli.

Francesco

(a Carlo) È un pretesto per ritornare da me. *(A Bianca)* Sì, sì, grazie, grazie! capisco! Ma ora, mia adorabile incognita, non sono solo. È qui con me un mio amico. Voi conoscete la mia discrezione, e debbo rassegnarmi a non aprirvi le porte di quel paradiso che sapete. *(Tossisce per farsi capire.)*

Carlo

(tra sè) Te lo do io il paradiso.

Bianca

(di fuori) Ma come si chiama il vostro amico?

Carlo

(subito) Si chiama Carlo Tebaldi.

Francesco

Sicuro, si chiama Carlo Tebaldi.

Bianca

(di fuori) Allora, non m'importa. Questo signore non lo conosco e non mi conosce. Non temo di essere compromessa. Aprite.

Francesco

(tra sè) Quale imprudenza! Andate poi a dire che questa donna non mi ama. *(Apre.)*

Bianca

(entra.)

Francesco

(le prende ambo le mani.)

Carlo e Bianca

(si scambiano occhiate di rabbia.)

Francesco

(all'orecchio di Bianca, con mellifluità) Io non so se voi abbiate lasciato davvero qui il vostro portafogli, ma, in ogni caso, per giustificare la vostra venuta, io fingerò di cercarlo.

Bianca

(nervosa e frettolosa) Più tardi. Per ora, vi prego, fate la presentazione.

Francesco

Vi presento il mio intimo amico: Carlo Tebaldi, giovane ammogliato, che è....

Carlo

(interrompendolo stizzosamente)... celibe.

Francesco

Un ammogliato celibe è un bel fatto!

Bianca

Ah! celibe?

Carlo

(aspettando il compimento della presentazione, a Francesco) E la signora?

Francesco

La signora... *(Facendo dei cenni a Bianca, come per domandarle che cosa debba dire)* Come devo?...

Bianca

Quanto al cognome, non vi date pena. Quello che porto è un po'... discreditato. E quanto al nome, datemene uno a piacere.

Francesco

Celeste!!

Carlo

Bianca.

Bianca

Sì, preferisco Bianca.

Francesco

Vada per Bianca.

Carlo

Ragazza? maritata? vedova?

Bianca

Così così.

Carlo

Ma non le pare che ci siamo conosciuti un'altra volta,... non so dove?

Francesco

(tra sè) Diamine, diamine!

Bianca

(fingendo di ricordarsi) No... a me non pare: anzi, certamente no.

Carlo

Ah, è vero: quella lì era un'altra. Un po' di rassomiglianza nei lineamenti, nel portamento, nella voce; ma poi, nel resto, tutta diversa.

Francesco

(tra sè) Meno male. *(Forte)* Intanto, cerchiamo questo portafogli.

Carlo

(avvicinandosi a Bianca) Ma credo d'averlo trovato io.

Bianca

(soddisfatta) Ah?

Carlo

È stato dimenticato proprio qui. *(Mostrandolo)* È questo?

Bianca

Precisamente. Sa, in certi momenti, quando la testa gira....

Francesco

Cara!

Bianca

Ognuno può disperdere....

Carlo

Un portafogli compromettente. E quando la testa non gira, ognuno può ritrovarlo.

Bianca

Tanto vero, che io, quando la testa non girava, ne ho ritrovato uno, con cui, senza volere, ho scambiato il mio.

Francesco

(seguendo ingenuamente la conversazione) Oh, vedete che combinazione!

Carlo

Davvero?

Bianca

(mostrandolo) Eccolo.

Carlo

(tra sè, seccato) Il portafogli di Fifì!

Bianca

Non si turbi. Il documento più importante contenuto in questo portafogli non è che qualche biglietto di visita d'una donna. La donna dei suoi pensieri, forse?

Carlo

(punto) No. *(Con stizza)* Semplicemente una donna da avventure.

Bianca

(atteggiandosi a ingenua) In verità, non capisco...

Francesco

(piano a Carlo, tirandolo per la giacca) Bada a quello che dici!

Carlo

(a Bianca) Non capisce? È giusto. Mi spiegherò: le donnine da avventure... sono, come si direbbe in gergo commerciale, degli articoli a buon mercato. Ce n'è per tutti i gusti. Io, per esempio, vivo qui, a Roma, solo, annoiato; ed ecco che mi procuro una donnina che mi serva da antidoto alla noia: articolo per salottino da scapolo. Al mio amico, invece, piace di viaggiare, ed egli, naturalmente, si procura degli articoli da viaggio.

Bianca

(scattando) Ma questo è troppo!

Francesco

Carlo!

Carlo

(a Bianca) Non le va?

Francesco

(a Carlo) Tu sei un insolente! *(A Bianca, cercando di rimediare)* Non gli date retta. Il mio amico si compiace di mostrarsi più cinico di quanto veramente non sia. E voi, che siete, soprattutto, una donna di spirito, vorrete perdonarlo.

Bianca

(disinvolta) Di che? Perchè? Un salottino come questo non mi dà il diritto di pretendere un'accoglienza diversa da quella concessa alle ballerine, che ne illustrano le pareti. Del resto, un salottino di tal genere, se non garantisce il rispetto, garantisce in compenso il mistero. E l'animo mio fu profetico. *(A Francesco)* Difatti, ricordate voi che durante il viaggio io... vi amavo, è vero, ma vi amavo... senza farvene accorgere?

Francesco

Verissimo.

Bianca

E dite. *(Richiamando su questo particolare l'attenzione di Carlo)* Quand'è che mi risolvetti ad amarvi diversamente?

Francesco

Quando vi diedi il mio nome e il mio indirizzo.

Bianca

L'indirizzo di questa casa....

Carlo

(gioendo, tra sè) Ora comincio a capire.

Bianca

Ebbene... gli è che, profeticamente, io rinunziavo al rispetto *(sempre sottolineando)* e mi accaparravo il mistero!

Francesco

Cara, cara, cara! *(Tra sè)* Andate poi a dire che questa donna non mi ama!

Carlo

(tra sè) Ho torto io.

Bianca

(a Carlo) A proposito: lei signor... signor Tebaldi, vuole riprendere il portafogli della sua... della sua... come ho da dire?

Carlo

Me lo dia pure, ma non dica nulla: direbbe certamente una malignità.

Bianca

Glielo restituisco immacolato. Badi: è vuoto, perfettamente vuoto! e forse, *(con intenzione maliziosa)* è stato qui dimenticato... non senza uno scopo.

Carlo

Ed ecco il suo. Non è vuoto, ma credo che nemmeno esso sia stato qui dimenticato... senza una scopo.

(Si scambiano i portafogli con esagerata e ostentata gentilezza; quindi, di scatto, si allontanano l'uno dall'altra con violenza e sgarbo.)

Francesco

(tra sè) Antipatia reciproca. Meglio così!

(Si sente picchiare alla porta.)
Carlo

(forte) Chi è che batte?

SCENA VI

45

FIFÌ, BIANCA, CARLO, FRANCESCO.

Fifì

(di fuori) Batte la tua Fifì.

Carlo

(imbarazzatissimo, fra sè) Maledetta!

Fifì

(di fuori) Mi pare d'aver lasciato sul tavolino il mio bel portafoglino. Apri, Fuffino. Ti farò anche un bacino.

Francesco

(a Carlo) Ino ino ino!... L'hai abituata al diminutivo?

Bianca

(anche lei a Carlo) Oh! non s'imbarazzi. Io non voglio disturbare nessuno. Faccia entrare. Faccia pure il suo comodo.

Francesco

Il suo *comodino*.

Fifì

(di fuori) Apri, Fuffino, fa presto!

Bianca

(guardando il paravento) E per non offendere il pudore della signorina Fifì, nè quello di Fuffino, noi due *(accennando a Francesco)* ci nasconderemo dietro quel paravento.

Francesco

Ottima idea! Noi due ci nasconderemo.

Carlo

(arrabbiato e sempre imbarazzato) Ma no, non è necessario che vi nascondiate tutti e due. Tu *(a Francesco)* puoi restar qui.

Bianca

Egoista. Mi annoierei a star sola lì dietro.

Francesco

Si annoierebbe.

Bianca

Invece, in due, ci divertiremo un mondo. E lei, signor Fuffino, potrà trattenersi con l'oggetto del suo cuore. *(A Francesco con amore)* Non è vero?

Francesco

Sì, tesoro.

Fifì

(di fuori) Non vuoi aprire, Fuffino?

Carlo

Auff!... Vengo.

Bianca

(eccitata dalla gelosia, afferrando Francesco violentemente per un braccio, lo tira verso il paravento) Qui, qui, amor mio! *(A Carlo)* Questo paravento sarà la gran muraglia della Cina: insormontabile! Ogni coppia sarà libera....

Francesco

... e indipendente!

Carlo

(sulle spine) Non troppa indipendenza, sai! *(Si decide ad aprire.)*

Fifì

(entrando) Oh, finalmente! Perchè non aprivi? Che facevi?

Carlo

Un bagno!... Sì, un bagno turco. Molto turco!

(In questa scena a quartetto, Francesco dà in ismanie d'amore, e Bianca finge di secondarlo, mentre, inquieta, stizzita, spia ed ascolta il colloquio tra Carlo e Fifì.)

Fifì

Ti ho fatto una bella sorpresa?

Carlo

Bellissima!

Fifì

Non mi sembri contento.

Francesco

(si accalora, s'inginocchia, si alza, siede, gesticola. Se ne vedono la testa le braccia agitate.)

Carlo

Lasciatemi stare.... Non mi sento disposto....

Fifì

Che cos'è quel *voi*?

Carlo

Quel *voi* è un *voi* come tutti i *voi*. *(Cerca di guardare ciò che accade dietro il paravento.)*

Fifî

Fuffino mio bello, perchè mi tratti così? *(Fa per dargli un bacio ed egli si scansa.)* Non lo vuoi un bacino?

Carlo

Questo è il portafogli che avete dimenticato. *(Glie lo porge.)*

Fifî

(pigliandolo).... E dàgli col *voi*, Fuffino!

Carlo

Ma che Fuffino d'Egitto! Non lo capite che ho bisogno di star solo?!

Fifî

Mi mandi via?

Carlo

(quasi con bontà, per non irritarla) No, non ti mando via....

Bianca

(per rappresaglia, s'intenerisce con Francesco.)

Carlo

(continuando) Bensì, ti prego d'andartene!

Fifî

Ma quando ci rivedremo qui?

Carlo

Qui, mai più!

Fifî

E allora, dove?

Carlo

Nella Valle di Giosafatte.

Fifì

(con serietà e con buona fede) Io non ci sono mai stata. Dammi l'indirizzo preciso.

Carlo

Cerca nella *Guida*.

(A questo punto, dietro il paravento, Francesco, nel tentativo di un suo slancio troppo audace, è respinto da Bianca con energia e rotola giù, arrovesciato. Se ne vedono a terra il torace e la testa fuori del paravento.)

Fifì

Insomma, mi licenzii senza neanche darmi questo indirizzo?! Sta benissimo!,.. Addio! *(Va verso la porta. Sulla soglia, apre il portafogli e, trovandolo vuoto com'era, esclama a Carlo, minacciosa:)* Ma faremo i conti!

Carlo

Senza l'oste.

Fifì

(va via.)

Bianca

(facendo capolino dietro il paravento) Partita? *(Slanciandosi freneticamente al collo di Carlo)* Ed ora, il bacio te lo do io. *(Gli dà un gran bacio sulla guancia.)*

Francesco

(al colmo della meraviglia) Ohè, ohè! Che vuol dire ciò?

Bianca

Vuol dire che la sciarada è sciolta, e il premio è dato. Il primo ama, il secondo perdona, l'intero ritorna....

Carlo

Ritorna a essere quello che era. *(A Francesco)* Ho l'onore di presentarti Bianca Tebaldi, mia moglie.

Francesco

(comprendendo a poco a poco e trasalendo, prorompe in tre esclamazioni crescenti:) Ah!... Aah!... Aaaah!....

Carlo

Che ti viene?

Francesco

(cascando sopra una seggiola) Un accidente!... *(Poi, subito, ricomponendosi ed alzandosi:)* Pardon! Signora ben lieto di...

Carlo

Sicchè, quel tale marito, sai, quel marito imbecille... ero io!

Francesco

Va là! Comincio a persuadermi che, per fare la carriera dell'imbecille, *(accennando a sè stesso)* non è indispensabile essere... un marito.